阅读即行动

Woman Without Shame: POEMS

SANDRA CISNEROS

我就是创造与毁灭女神

[美] 桑德拉·希斯内罗丝 著

海桑 译

献给诺尔玛·阿拉尔孔

我的诗歌盟友

目录

没有羞耻的女人

 茶舞，普罗温斯敦，1982 ……………… 3

 信念 ……………………………………… 10

 五十岁时，我惊讶地发现自己正值辉煌 …… 13

 治疗社交过度症 ………………………… 15

 千万别对得克萨斯共和国的女儿们提起 …… 17

 得克萨斯州圣安东尼奥的凯马特超市 …… 19

 史密斯超市，陶斯，新墨西哥州，在 15 件或更少的结账线上 ……………………………… 21

 夜晚，马格达莱纳的家，拉米，新墨西哥州 ……………………………………………… 24

 模仿父亲的话 …………………………… 26

 佛钟里的黄蜂 …………………………… 28

 疾病大流行季节的日历 ………………… 30

 紧急情况下 ……………………………… 31

 我的葬礼须知 …………………………… 33

突然想到我就是创造与毁灭女神⋯⋯⋯⋯ 35

没有帽子的天空

　　戴帽子的天空⋯⋯⋯⋯⋯⋯⋯⋯ 39
　　杂货店⋯⋯⋯⋯⋯⋯⋯⋯⋯⋯⋯ 40
　　公园，一天的结束⋯⋯⋯⋯⋯⋯ 47
　　我愿意爱上一只名叫萨图尼诺的小毛驴⋯⋯ 51
　　无花果⋯⋯⋯⋯⋯⋯⋯⋯⋯⋯⋯ 54
　　不是小姐，亦非太太⋯⋯⋯⋯⋯ 56
　　我们的父，天上的大首领⋯⋯⋯ 59
　　这是未被提及的新闻⋯⋯⋯⋯⋯ 63
　　这个人⋯⋯⋯⋯⋯⋯⋯⋯⋯⋯⋯ 65
　　阿德琳娜·塞里托斯⋯⋯⋯⋯⋯ 76
　　TE A—⋯⋯⋯⋯⋯⋯⋯⋯⋯⋯⋯ 78
　　一个拿着机关枪的男孩向我挥手⋯⋯ 81
　　特波茨兰小镇⋯⋯⋯⋯⋯⋯⋯⋯ 84
　　马丁先生⋯⋯⋯⋯⋯⋯⋯⋯⋯⋯ 85
　　燕子，瓜纳华托机场⋯⋯⋯⋯⋯ 90
　　没有帽子的天空⋯⋯⋯⋯⋯⋯⋯ 91
　　警方记录⋯⋯⋯⋯⋯⋯⋯⋯⋯⋯ 93
　　下辈子想做一棵龙舌兰⋯⋯⋯⋯ 95

歌声和哭声

不管是过去，还是现在 …… 99
为某国女人而作的诗章 …… 102
手洗我的长头巾 …… 106
刚刚从死亡的深渊逃出来，我已经准备好迎接新的一年 …… 109
关于衰老的四首诗 …… 113
独身后的性爱 …… 116
摇篮曲 …… 118
为临终者守夜的说明 …… 119
爱的雪茄爆炸了 …… 121
上帝一次又一次心碎，直到它豁然敞开 …… 124
甘地夫人 …… 127
写在午夜的诗 …… 132
我濒临死亡的那一年 …… 134
写给失去儿子的小狗帕特的信 …… 137
亡灵节 …… 140
一棵好树 …… 143

未经审查的希斯内罗丝

    珠穆朗玛峰 ·················· 149

    白色变奏曲 ·················· 153

    在我的色情小博物馆里 ·········· 156

    我的母亲和性 ················ 158

    踩到狗屎运 ·················· 162

    完整的橘子 ·················· 167

    你最好别把我写进诗里 ·········· 171

    女人寻求自己的伴侣 ············ 191

免费糖果

    疑惑的时候 ·················· 201

没有羞耻的女人

Mujer sin vergüenza

茶舞,普罗温斯敦,1982

在男孩酒吧
没有人
和我跳舞。

是我
和每一个人
都跳了。

和整个房间。
和每一首歌。

这就是男孩酒吧
那时候
最棒的地方。

房间
颤抖了。

摇晃了。
抽搐了。

在某种
集体的
动物学意义上的
疯狂当中。

严格来说
在那里
我
是唯一的雌性。

管它的呢
只要是
在男孩酒吧
我受到了欢迎。

而街道那头的
女孩酒吧
啐!

沉闷得像是一只葫芦。

而茶舞,摇摇摆摆
水银般神奇
充满着
浓烈的汗臭
和精液的气味。

滑溜溜的雄性的能量
类似于看马群打架
那令人兴奋的东西。

我的情人
这个双性恋者
在最后一个夏天
把我领进了茶舞
他常常徘徊于我的视线之外
被池畔的美女吸引
而我正一脸的天真和满足
与整个房间的男人们
翩翩起舞。

他是那种
难以驾驭的风筝
时而急转
时而俯冲
时而喊叫
我知道,这只是时间问题。
恰如其分地
我把他称作——
"我的小细绳"
这就是风筝最后
留在你手里的东西。

夏天是有截止日期的。
理解万岁。
那个季节
我正在尝试成为
我想要成为的女人。

我教会了自己
在同性恋海滩

袒露着胸脯，晒着日光浴

当有人喊"警察——"

警告传来

宣布骑在马上的当局

正在赶来的路上

他们要来检查我们是否穿好衣服

否则，就罚款

露屁股，五十

露乳房，一百

我开着玩笑说——

一只乳房，五十大洋。

在同性恋沙滩

半裸很容易

男人们都懒得看一眼

我正在训练自己

做一个没有羞耻的女人。

不是说无耻

我是说，没有羞耻

皮肤光彩夺目

肉体近乎骄傲
那个夏天
我不仅脱下了比基尼上衣
还脱下了罪恶的夏娃
和自我献祭的法蒂玛。

一切都在为我未来的米诺斯日子做准备
美杜莎的头发和胸脯
如萨莫色雷斯的耐克
欢迎着咸腥的海风
叫人惊叹不已
是的，那时的我
是个可爱的小东西。

我可以不受惩罚地这么说
二十八岁的她
是一个
与我毫不相干的女人
我会讲故事
我有那么多故事要讲
却找不到一个能讲给谁听的人

除了这个听差
——我的可信赖的忏悔神父。

一天晚上
情人不肯跟我回家
我和他发生了争执
他有一个秘密的疱疹
回想起来真是可笑
这个瘟疫
已经在全球范围之内
消灭了所有的舞会。

但那也是我们知道它是瘟疫之前的事了
82年的时候,我们都在逃亡
跳上萝拉·布兰妮根的《格洛里亚》
这夏天的主题曲
节拍在我们的血液里砰砰作响
我们大口喝酒
比地板上颤抖的身体更欢畅。

信念

我相信
我就是上帝。
你也是。
还有每一个每一个的
人。
但只是一点点。

我相信
上帝是爱,
爱就是上帝。
虽然有人
怀疑上帝的存在,
但没有人怀疑爱的存在,
甚至,而且尤其是
那些从未遇到过爱的人。

我相信

我们能犯下无法想象的暴行,
同样也具有上帝般超凡的能力。

我相信
世间的苦难已经够多了,
而人性——还是比它要多一点。
我相信

我相信一个思想一个词的力量,
足以改变世界。

我相信
再没有比失去孩子的母亲更令人悲伤的了。

我相信母亲。
相信母亲中的母亲。
神圣的母亲。
瓜达卢佩的女神。

因为宇宙大到足以包容矛盾,
我相信

母亲们有时也生出怪物
——那些雄性动物们。

我相信母亲和祖母
是暴力的解决方案。
不仅在墨西哥，在美国，
而且在全球，在全世界
每一个角角落落。

我相信
将军们现在需要的
是装备了旧鞋子的祖先队列
用这些旧鞋子
来羞辱，来猛击，以及
打屁股
打这些世界上的雄性家伙们。
阿门。

五十岁时,我惊讶地发现自己
正值辉煌

这些天,我承认
我又宽又大,像是一棵图莱树。
我的内衣在抗议,在不满
而我最喜欢的
还是不穿衣服的我自己。
我可以左看右看
看当初被上帝创造时的小样子,
仍然像玛雅一样,绝妙无比。
我丰腴得仿佛生育女神,
虽然已不能生育。
就像他们说的,我
在走下坡路——
牙齿脱落,眼睛昏黄,身宽体胖。
我在脖子、胯部和额头上涂金镀银。
这可真有趣。

在人生的比赛中,
我是自己的旁观者。
我是威尼斯人,正在华丽地腐朽。
我的壮丽无与伦比,
如蓬帕杜夫人死前绽放的玫瑰。
不是衰老。
是修正,与成熟。
请进?我正当最佳的酿酒年份。

我是一个适逢快乐季的女人。
是中了彩票一般的
一只褐色小罐子。
我坚实,厚重,底部稳固,
毫无疑问,我是满当当的。
我满当当的,溢出了罐子边沿。

治疗社交过度症

找到一棵松树,
马上坐在下面。
把语言
从耳朵和舌头上移开。
同样地,要斋戒。

泡在与世隔绝的浴缸里。
以风洗脸。
极端情况下,
用天空浇透自己。
然后,
以云朵轻轻擦干。

穿上干净平整的睡衣。
最好是白色。

把吉娃娃

抱紧,贴近心脏。
亲吻且被同一个人亲吻。

喝上一杯清凉的夜。
读能激发诗歌灵感的诗。
然后写,
直到气质回归平静。

把月光盛在碗里。
睡在旁边,
梦见白色的花。

千万别对得克萨斯共和国的
女儿们提起

你做爱了,
在办公桌上,
在 17 楼的办公桌上,
还看到了阿拉莫的风景。

你倒着看。
你的头悬在桌子边上。
但就这一次看对了。

波斯尼亚
从记忆中震醒,
看邻居怎样朝邻居开火。
一个世纪的悲痛
孕育在另一个世纪的愤怒之中。
理性
像莫斯塔尔这座五百年的大桥一样坍塌了。

关于眼泪
你又知道些什么?

你选择记住什么,
要小心。

得克萨斯州圣安东尼奥的凯马特超市，1986

写给罗宾

那时候，我可以在日落时分
带你去南圣罗莎的凯马特超市
说，在人字拖那边等我
我得去买几双袜子

那时候，我可以把我的卫生巾
扔进超市的购物车
让它挨着你的特雷斯弗洛雷斯发油
让我的微波爆米花
挨着你的白色 T 恤
还有我的圣马丁的
可以烧上三天的蜡烛

那时候，我们付完了钱
可以心满意足地坐在停车场里

就你和我
吃着玉米片,吮着冰激凌

然后我们呀
就可以惊叹一千只黑色的翅膀
在市中心的天空上扑棱
落在浑身颤抖的大树上
那成群结队的大喜鹊

史密斯超市，陶斯，新墨西哥州，在 15 件或更少的结账线上

我前面那个娃娃脸家伙
轻轻地，把一个分隔条
放在他的和我的东西之间。

我这边，
有一个六插座的电涌保护器，
还有一个防火玻璃杯子，
用来装我还愿的佩蓓图蜡烛，
一种强大到可以自毁的许愿之物。

他那边，
是一塑料瓶商店品牌的伏特加。
现在是中午，但在某些地方，
这时候正是快乐时光。

棒球帽反着戴的坏家伙，

从脖子到膝盖都是黑色皮革。
一条眉毛和耳朵用银线缝合。
在他的脖子上,
用细细的墨水写着"鲁菲娜",
如果可以的话,我会吻他。
彼此彼此,都是傻瓜。

我开车离开
心里想着鲁菲娜
她是否在帮他喝光那瓶忘忧酒
或者那个后悔的人
正是她。

我一直写到黑夜降临,
我的小蜗居,今晚很暖和。
蜡之烛,柯巴脂。
窗之外,山无月。
莲花里的佛,安静又沉默。

十点钟的热水浴,
薰衣草味的盐。

法兰绒扣到脖子根儿了。
我敢肯定
今天晚上的鲁菲娜
不会像我这么嗨。
你瞧瞧,我和我的心爱
一本书
窝在一个被窝里。

夜晚，马格达莱纳的家，拉米，新墨西哥州

写给苏珊和伯特

I.

整个晚上
风在我的门口
嘎嘎作响
像一个情欲过剩的情人
要进来

II.

黄色的花
在你的瓜达卢佩
尼克记得
它们的野性

累了
它们就蜷缩起自己
睡觉

III.

一个醉鬼
向天空
投掷啤酒瓶

天空
十亿百亿颗
星星

模仿父亲的话

献给李维·罗梅罗

地板上粘满了金黄的树叶
小狗和我
脚掌踩着脚掌
踩进去

冬天的衣服要拿下来
整理床铺
梳理头发
洗净身子
然后睡觉去

手边
有太多
马上要做的事

查询银行余额

兽医那儿要停一下
再买一瓶
除蚤喷雾剂

却没有一个人说：

看看月亮
写写诗
宝贝，慢慢来
慢慢来，宝贝

佛钟里的黄蜂

一定是聋子
要么就是十足虔诚
在这个靠智力成就一切的时代

米尔恩的大风天
这风吹得
像是号角日

耳聋或者虔诚
他们既不放弃修道院
也未曾表现出愤怒

钟在鸣
它们
在祈祷

唵唵唵

唵唵唵

唵唵唵

疾病大流行季节的日历

蚂蚁们
已经离开了
我的礼物赠送会
奔向了花园

终于
春天来了

紧急情况下

联系最近的

云

从呼叫银河开始

召集——

胡椒树

龙舌兰

驴粪

蓝花楹阵雨

河流

鹅卵石

蝎子

蜂鸟

或者珍珠

这一切将会证明

我们
都是亲戚

我的葬礼须知

另外,
用柯巴脂烟熏我的遗体。
把我裹在我的破罩衫里。
不要珠宝,都送给朋友。
不要棺材,就用棕榈草席。
然后点燃一曲"地狱迪斯科"。

不要为这个贱人举行基督教仪式,
但是,如果你愿意,
可以邀请一只无家可归的狗,
来唱上一曲。
或者一个女巫,吐口橘子水,
并吟唱奥托米人的祈祷文。

不准
不准往里约热内卢布拉沃以北送骨灰。
否则

将受到诅咒与惩罚。

我属于这里,
属于墨西哥的龙舌兰,
在刻有"没关系"字样的长凳之下。

抽一支哈瓦那。
听费里尼式的音乐。
最为重要的是
——要笑。

可别忘了——

拼写我的名字
用手指蘸着
龙舌兰酒。

突然想到我就是创造与毁灭女神

我配得上石头。
你最好离我远远的。

我被围困了。
再也不能喂养你。
你不能留下我的骨头当作纪念品,
不能敲我的门,
不能露营,不能进来,
不能打电话,不能拍我的宝丽来。
我偏执,我告诉你
快点滚,滚回家去。

我是个异类。
难得她受不了小孩,受不了你。
我没有出色的科迪莉亚的热诚,
没有整洁的杯子端来的咖啡。
家里也没有食品杂货。

我睡觉睡到天昏地暗,
我抽烟,我喝酒。
我最好的时候是脱光衣服四处游荡。
我指甲肮脏,头发蓬乱。
非常抱歉,
本夫人今天感觉不好。

必须的,葛丽泰·嘉宝
来一句艾米莉的诗:
"灵魂选择她自己的伴侣……"
像里斯笔下马尾藻的海一样翻滚。
扔出一句玛丽亚·卡拉斯的诗,
关掉自己,像一只鞋子。

基督。
全能的神。
靠后。警告。
甜心,就是你。

没有帽子的天空
Cielo sin sombrero

戴帽子的天空

天空醒了,
戴着一顶完全是它自己的帽子,
帽子是用脏羊毛做的。

这顶帽子宽得
足以用它的阴影
把大地
染成靛蓝色和薰衣草色。

就像从面对陆地的岛屿上面
看到的大海。

就像乡下人吃东西
不用勺子的盘子,青灰色。

杂货店

请给我一个早餐托盘,
放在我的露天平台。
清晨,我邀请蜜蜂
来访问我薰衣草蜂蜜做的葡萄干面包。
别担心,每个人都有足够的。

我要几个芦苇篮子,
结实得足够让一个女人
从伊格纳西奥·拉米雷斯市场
挎回来一公斤新鲜橙子。
好像是的,我通常委派的
是卡利克斯托
他是一个手巧的人。

还要一把棕榈扇,
再加一两根引火松。

因为我从没点着过火。
当然是阿多诺独奏,
逗精神祖先们开开心。

能不能拿下来那只
纸塑玩偶?
穿着她最好的内衣。
我做女孩的时候
也有一只一模一样的。
不,我没有孩子。

一个烤盘就好,
可以热一下昨晚剩下的粽子。
只有烤盘
才能烤出那种烟熏的味道。
我不知道怎么做塔马利①。
既然能从修女那里买到,
又何必麻烦自己。

---

① tamale,一种墨西哥玉米粽子,是墨西哥人饮食的重要组成部分。

研钵,也要一个吧。
院子里还要一只
供鸟雀洗澡的浅水盆。

唉,龙舌兰纤维
多毛且白
多像祖父的胸膛
淋浴时把皮肤磨破了。

我的室外盥洗盆,
挡边像是饥饿的狗的肋骨。
可以在踏凳的石头上,
跳上一曲当宗舞。
还要一把洗涤刷,
用带子紧紧束在腰上
简直像是芭蕾舞女。

请交付一张棕榈草席,
带着它棕榈树的芳香,
铺在我卧室的地板上。
在过去的日子里,

它们是用来做我祖先们的棺材。

磨盘用的白石,
不妨也来一个。

再加上一个有盖子的草编篮子,
来存放塑料袋子。
天吉斯集市,
墨西哥的色彩——

绿松石的天空,
天竺葵珊瑚,
蓝花楹,紫水晶,
嫩绿又新鲜的胭脂仙人掌。

棉质的吊床,
宽胖如市井的妇人,
当我睡觉时候,
胡椒树可以保佑我。

六根芦苇秆,

挑起崭新的窗帘,
是用名牌的纯棉做的。

我为了一只鸟笼而来,
来安顿我的玛瑙鹦鹉,
那是经纪人送我的告别礼物,
且附上一则警告:
不要向南方迁徙。

我的祖父母,
他们不识字,
革命期间逃到了北方,
只带着随身几件东西。

现在我五十八岁了,
朝相反的方向迁徙。
一辆手推车,
载着我全部的书籍。

我生活失败,混乱颠倒。
向来如此。

总有谁叫我来这儿的吧?
也许是叫作精神的东西。
一个世纪之后,
我要为了他们而死在家里,
因为他们已不能够了。

为了我铺满鹅卵石的院子,
你用最好的树枝扫地,
并发出一声美妙的
——嘘
就像花园里的工人
在周日早上
把周六的夜晚扫除干净。

还要一个水桶,
装满肥皂泡泡。
光着我赤褐色的脚丫
擦洗墨西哥的门廊地砖
那是我最简单的光荣。

在我想做的时候,

在女管家的休息日。

让祖母们
咬着她们墓碑的牙齿
坚持到底。

公园,一天的结束

为了减掉一公斤,
我绕着公园走,
一圈又一圈。

我猜想
那个愁眉苦脸盘坐的和尚,
他是在祷告。

直到我慢悠悠走过他的公园长椅,
注意到他的祈祷书,
他的 iPhone。

在罗斯波塔利斯
一个墨西哥男孩
亲了一口
一个皮包骨头的白人妞。

毫无疑问,
他用墨西哥人的眼光看她。
真漂亮呀,
金发碧眼的。

但是用美国人的眼光看她,
就没什么值得大惊小怪的。

我猜想
她是用土耳其人的眼睛看他的,
阿兹特克的美。

但是墨西哥人看他,
就只是个仇敌,
因为他是印第安人。

夜色徘徊。
游客们出发去吃晚饭之前,
舔吃着冰激凌甜筒。

孩子们兴高采烈
在教堂的石板上
弹跳充气火箭。

啤酒瓶打嗝一般打开了。
黄昏里
沾着炸汉堡和玉米饼的气味。

拴在主人身边的小狗,
嗅闻着混凝土。
教堂呈杏黄色,
仿佛被阳光晒伤的异乡人。

成群的墨西哥流浪乐队,
迫不及待地上班来了。

卖气球的人坐立不安,
调整着他的气球和充气玩具。
肩膀疼。
即使是空气,
也是有重量的。

卖糖果的小贩,
带着云一样颜色的棉花糖,
飘过广场,
天空落下了它的天鹅绒帘幕。

我愿意爱上一只名叫萨图尼诺的小毛驴

我愿意爱上一只
名叫萨图尼诺的小毛驴
睡觉的时候
嘟哝着它的名字
当作摇篮曲

和一只无毛犬
一起暖我的被窝
它拥有蓝玉米的颜色
我愿意自己成为重生的向日葵
永远忠诚于太阳

我愿意学习去爱
以鹦鹉一夫一妻的热情
以吉娃娃愚蠢的勇敢

我真想把我的牵牛花岁月
献给那些鼓舞人心的蚂蚁
它们平和而毫无悔恨
也从不迎合什么
每年冬天
它们成功地把我从淋浴间赶走
以非暴力的方式说服我

在这个洛斯桑托斯的季节
与任何政治无涉
关于坚韧、弹性与耐心
有很多东西
我要从哨兵龙舌兰那里去学习

日复一日
我甘做清晨天空的学生
夜复一夜
我记诵月亮导师的训诫

在我的门边
有一根拴着铜钟的绳子

提醒着访客的到来
当黎明来临
伴着 bolillo 面包和橘子皮的浓烈香气
门口一桶桶的清洁剂
闪亮了潮湿的石头
钟声,没有响起

每一天都和前一天一样
又从来没有如以前那般
每一时,每一刻
用新闻纸和麻线包裹着
总是准时送达

无花果

给布鲁诺·塞奥林博士

有些词
在我的第二语言中
绊倒了我

我想说辣椒
却说成了黄瓜

我把杜松子酒和生姜
给混淆了

当针灸师告诉我:
肝脏在恋爱
那意味着身体健康

我错把肝脏
叫成了无花果

但我更喜欢我的翻译

无花果恋爱了
世界就好了

不是小姐,亦非太太

我不爱那些爱的人。
却爱那些不爱的人。

有一次
我差点在巴黎结婚,
因为那是巴黎。
我的心,
是弗拉戈纳尔的鞋子。
但他害怕新桥,
害怕在雨中徘徊。

另一个,
他正忙着拯救世界,
却无暇顾及拯救我们自己。
我在大腿的书页之间,
挤过来,挤过去。
嫩绿的幼稚,

让我迷失在树下的黑暗之中，
又使他在美酒中沉迷。

最糟的是，
我最爱的那人，
却是个根本不会爱的讨厌鬼。
丢死个人！

我想把小提琴——他的孩子，
留作纪念。
即使对孩子来说也是场灾难，
还有我的职业生涯。
但那都是过去的事了。
最近的一个，
是一支迸溅的雪茄，
还要我多说什么吗？

上帝拯救那些
愚蠢到无法自救的人。
现在是
欧瑞扎巴的年代。

我不知道自己

如何从那时走到了现在。

除了鞠一个躬,

向大家表示感谢。

我们的父,天上的大首领

我们的父,
天上的大首领。
我委派我的助手卡利克斯托,
去约见公主殿下,这位女士
她在中午之前就去吃午饭了。
是下班了,解雇了,还是逃跑了,
谁知道呢?
十五个月以来,
这个职位上的总监,
她是第三个。

把我们拯救出来吧,
从那个大胡子的男高音手中,
他位列于所说的团体,
今天正忙着给胡子脱毛。
"我的愿望已达成,
愿你的王国明天就降临。"

请原谅我们的过错,
就像我们原谅那个
臭名昭著的公证人一样。
我们等了足足三个月,
才接到他的回电,
卡利克斯托和他的妻子
终于可以签下第一所房子的契约了。
他们已经放弃了他们自己公证人的电话,
比我的还要慢,
早已经等得不耐烦了。

毕竟所有这一切,
都是以纸张、签名、耐心
以及他人的到来才得以完成。
他们的命运不在我们的掌握之中,
尤其是
如果你本来就是这片故土上的本地人。

父啊,我知道,
在一个犯法容易守法难的国家,

在一个没有赔偿和安慰

只有寡妇悲伤的国家,

我们应该为自己小小的痛苦而心存感激。

记者们的四肢和脑袋,

若他们胆敢报道真相,

就会被扔进垃圾袋,

而恶狗咬人,却不受惩罚。

泥瓦匠从脚手架上摔下来,

在灰尘中喘息,

幸运的话,不过是摔断骨头。

我们

永远为自己小小的痛苦而庆幸。

我们

有福与所有的下属上床。

保佑

我们长着翅膀的男高音和他的爱侣,

我们的未来全靠他们的突发奇想。

愿上帝尤其保佑我们的恶名昭彰者,

愿他终有一天签署我们的文件。

求你赐给我们充足的等候时间。

请赞颂我们的政治家,
他们每天教导我们要忍耐。

把我们的心舒展得像打呵欠一样,
这样我们就可以双倍容纳邻居的悲伤。
同时,相比之下,
对我们自己的悲伤心存感激。
无尽的痛苦。
无尽的痛苦。
阿门。

这是未被提及的新闻

上了年纪的女裁缝,
走在
去往克雷塔罗的老路上。
她没有活干了。
她的缝纫机坏了。
眼睛也坏了。

来自圣茱莉亚的
卖玫瑰的小贩,
在读聂鲁达。
他梦想着给母亲买一个火炉,
这是个多雨的季节,
母亲还在户外用柴火做饭。

女管家的五个儿子都北上了。
她的爱子不打电话,
她不会读,也不会写。

与此同时
毒品北上,军火南下。
牛油果
超出了女裁缝、卖玫瑰的、女管家的预算,
这个季节里也北上了。

警察。政客。
墨西哥。美国。
两国之间的生意
总是很好。

这个人

仿塔马约

在国际妇女节前夕
在通往塞拉亚的路上
在路上的一片田野
他们发现了她的尸体。
那个又聋又哑的女孩
她曾经遛狗
在华雷斯公园里。

没有人被审判。
没有人被谴责。
没有人被提及。
镇上的人都知道:
这是她父亲的债。
这就是他们给无力还债人的
还债方式。

请把光赐给我们,
赐给我们所有人。

用的是小体字,
在今天报纸的后页,
我看到了这样一条小新闻:

一个古吉拉特人
从他的古吉拉特村子挖出来了。

每天
村里的人都求他回来。
每天
他都没回来。

他只是众多"被挖出来"的人中
其中的一个。

当你身在故土,
你向谁求?又有谁听?

请把光赐给我们,
赐给我们所有人。

周二集市上卖鸟的商人,
背上绑着六笼子塞松,
他把一个网眼购物袋
挤到我脸上那么近,
我得退后一步才能看得清。
受惊的金丝雀,砰砰乱飞
这个男人的眼里,
有着同样的急迫,
以及同样的恐惧。

请把光赐给我们,
赐给我们所有人。

外国佬艾伦讲给我一个故事,
关于一只猪,
一只把自己当成了狗的猪。
它被叫作索洛维诺,
因为它是独自来的。

每天艾伦开车去多洛雷斯的路上,
狗都会从棚子里跑出来追赶。
那只把自己当成狗的猪,
就跟在后面小跑。
直到有一天,
猪不见了。
狗也不见了。
一只接一只接一只。

艾伦耸了耸肩。
一个人饿了的时候,
是没有人可以责怪的。

请把光赐给我们,
赐给我们所有人。

我们的瓜纳华托报纸
有个"宗教"栏目,
刊登了一篇关于圣方济各的文章,
说,一个苦行禁欲的人

是生活在贫困当中所有人的榜样。

在这个国家,
几乎每个人,
每个男人和每个女人,
都已经走在通往圣徒的道路上。

请把光赐给我们,
赐给我们所有人。

事情是这样发生的:
一天晚上,罗姗娜
抓住一个闯入她杂货店的人,
那人碰巧是她邻居的儿子。

她的喊声
惊醒了整个街区。
他们抓住了小偷,
直到警察赶到。

罗姗娜在法庭程序中,

以目击者身份作证,
也为了见证法庭释放他。

她把痛苦用手帕包起来,
回到家,
打电话给男孩的母亲。

罗珊娜和小偷的母亲,
两个女人
都释放出海洋一般的悲伤。

当她讲给我这个故事,
罗珊娜眼中的大海
依然在那儿。

请把光赐给我们,
赐给我们所有人。

卡洛斯和劳尔
伊利诺伊州,奇卡诺的银舌诗人,
他们已经满头银发,

但从未去过他们祖先的国家。

当我邀请他们去南方时,
他们拒绝了。
他们害怕坏人。

没人告诉过他们,
那些给坏蛋们买毒品卖武器的人,
都是美国人。

请把光赐给我们,
赐给我们所有人。

那个吹口琴的盲人,
吹奏着"瓜纳华托之路"的人,
在桑坦德银行门前,
一听到有人跑到离他太近,
就立马抓起他的棒球帽,
里面有他的宝贝小硬币。

生命一文不值。

生命无价。

请把光赐给我们,
赐给我们所有人。

一个人告诉我:
你甚至不用学西班牙语
就能住在这里。
阿玛多,圣米格尔房产经纪人。
你可以训练你的员工
做你需要他做的任何事,
却不必付给他多少工资。

请把光赐给我们,
赐给我们所有人。

达拉斯,1953。
一位名叫斯坦利·马库斯的先知
买走了鲁菲诺·塔马约的壁画,
以加强得州与墨西哥之间的伟大友谊。

这是历史上的某个时期
得州餐馆的墙上
仍然贴着
"墨西哥人和狗
禁止入内"。

这幅画描绘的是
一个人
扎根于大地,伸展向天堂,
大地与天空,南方与北方,你的与我的
之间的平衡。
因为宇宙,有关于相互联系。

塔马约把这幅画称为
"超越自我的人"。

请把光赐给我们,
赐给我们所有人。

墨西哥给美利坚合众国说:
我们安全,你们才安全。

你们安全,我们才安全。
你把这话告诉你们的政客。

请把光赐给我们,
赐给我们所有人。

墨西哥有句谚语——
彼此交谈,
相互理解。

我想加上一句,说:
倾听,
让我们理解更多。

请把光赐给我们,
赐给我们所有人。

请把光赐给我们,
赐给我们所有人。

请把光赐给我们，
赐给我们所有人。

阿德琳娜·塞里托斯

阿德琳娜·塞里托斯
随时为您服务
轻轻耸了耸肩
咧嘴一笑

也许
您需要帮忙吗?

您可能
需要一个厨师吧?

或者需要有人
来洗洗涮涮?

把膝盖合在一起
就像搓澡女人的祈祷一样

阿德琳娜
穿着鼓鼓囊囊的毛衣和塑料鞋
青灰色头发的阿德琳娜

是因为我
在塞拉亚有个医疗预约
却没有足够的比索去到那里

是因为我的乳房
被化疗烧焦了
烧焦了,她说

烧焦了,像玉米圆饼
忘在烤盘上

坎波的阿德琳娜
来自瓜纳华托的阿德琳娜
轻轻耸了耸肩
咧嘴一笑

TE A—

一个男孩和一个女孩
拥抱，亲吻
在我停车位的三角形内。
一个几何方程，证明
整体大于部分之和。
教堂的视线之外，在这里
非法的交易和母亲们
在一条狭窄通道的隐私里
悄无声息地滚下山坡
消融进圣胡安-德迪奥斯小教堂的高墙里
书商的代言人、酗酒者、病人，以及受难者
即使在一个以铠甲天使命名的小镇
爱情也找到了一条路。
一个男孩亲吻了一个女孩：
七只缄默的风琴仙人掌
和一个瓜达卢佩壁龛
作为证人。

为了证明

爱情在空间和时间都是不断扩展的

男孩在停车三角形的斜边

在我邻居的石头墙上

草草地画了一个情人

喷上红色的印刷体字母

    "TE"

然后是"A"。

小镇的另一边

当毒贩按时向玉米饼摊贩收取保护费

镇上的人仿佛全都消失了

就像从好市多的顾客口袋里掏走钱包一样

一生的积蓄按照电话勒索者的指令

乖乖地放进公交站的垃圾桶里

温柔的暮色降临了

连环强奸犯被飞蛾一般释放

无声无息。

而当儿童侵犯了外国人的财产

当局便立即采取行动。

爱情,毕竟是一场危险的大火
这是一个
连欧几里得都会得出的公理。

男孩被扇了几个耳光
鉴于他适当的教养
女孩一看见制服和枪
就聪明地逃走了。

就是这样,就像以前一样
也将永远是这样
邻居的墙用高压水管冲洗
恢复了以前的平静
除了一道淡淡的粉红色污秽:

TE A—
    TE A—

一首戴着谦卑和荆棘冠冕的歌
延伸进无限
延伸进绝望的圣痕。

一个拿着机关枪的男孩向我挥手

他大概四十三岁上下
来自阿约钦纳帕
垃圾一般
被焚烧,被掩埋。

他皮肤黝黑,也许
和阿托尼尔科的那人一样
就在他亲人面前
就在他家门口
一场没有开始的交火之后
他被捕入狱。

或者与那些
在华雷斯公园绑架盲女的人
串通一气
把她的躯壳
遗弃在通往塞拉亚的路上

裹在毯子里
在田野，永远沉睡。

和其他男孩一起
坐在吉普车后座
他们本可能属于同一个棒球队
而不是穿着黑色制服
带着机关枪去上班。

我从市场回来
手里提着一篮子鸡蛋
和一条圆面包
一只无毛犬
温暖地趴在我的臂弯。

亡灵节，小巷里
他们的吉普车轰隆隆驶过
这么多孩子，武装了枪支
像是带着好玩的玩具
我知道它们是真的
因为我问过了。

在他们从视野中消失之前
我的手自己举了起来
好像在问一个问题。

吉普车后面
一只没拿机关枪的手
朝着我，挥了挥。

特波茨兰小镇

公鸡
用真假嗓子交替着打鸣

大狗小狗
汪汪着辩论

教堂的钟
间断地打着饱嗝

黎明懒懒
打了个哈欠

马丁先生

首先
是关于他肺部手术的
紧急新闻。
为了博得同情,
他假装哑巴,
在皱巴巴的纸上,
写下自己的恳求。

我表示怀疑。
尽管如此,我还是给了。
他不年轻了。
我把捐款
装在一个用细绳拴着的网状集市袋子里,
从阳台上放下来。

鉴于他的又一次请求,
我提出

如果他能在我的邮箱里
留下医院的详细信息,
我就组织一次募捐。
但是他忘了。

到了下个星期,
他的肺就好了。
他的声音
也奇迹般地恢复了。

然后,
他只带着他莫名的需求而来,
没有带故事。

我没有零钱,
只有五百比索,
这是银行自动取款机
分送皮礼士糖果一样
分给像我这样外国人的钱。

很难找到一个人,

不管是卑微还是高贵,
愿意放弃更小的硬币。
我把当时所有的钱都给了他。
五百比索。但是
这却使他比燕子还快地回来了。
有时候,一周两次。
这足以激起我的怒火,
吹灭我的佛性。

一次又一次地,他来了。
卡利克斯托说,他认识他叫马丁
一个牵着毛驴去参加婚礼的人。

在我看来,他不像是个派对主人。
他皮包骨头,瘦得像猫。
好心的恶作剧者
把细细的胡子
加给了蒙娜丽莎。
脏兮兮的报童帽,
玻璃碎片就算是眼镜了。
衣服可能是借来的。

契诃夫式的农民,
并非因瘟疫流行而失业。
或者,可能是他自己恶习的受害者。
谁知道呢?

有时我拒绝应答,
他就大闹一场,
像圣胡安-德迪奥斯教堂召唤信徒一样,
他敲着我的黄铜门铃。
又仿佛是校舍着了火。

我曾经给过他一百比索。
后来有一个周末,
除了 50 比索我什么也没找到,
他似乎同意了这个价格。

现在他感激地点点头,
我为让他去追钱而道歉,
风却觉得好玩。

星期六,

有时是星期天,
当他知道卡利克斯托不在的时候,
他就来了。

所以,随着时间的推移,
我们就这样决定了什么是公平的价格。
我可以想象,
成为他这个样子是多么困难,
开口是多么难堪。

今天,我给他分发了
每周的那一份分享。
令他也令我惊讶不已的是
我第一次说——
"马丁先生,
请多多保重身体。"

燕子,瓜纳华托机场

在家乡
在瓜纳华托
有一个
名字就叫燕子的地方

没有帽子的天空

我要卖掉
圣米格尔的天空
这种蓝花楹的蓝
很适合黏土屋顶。

当然是有现货的。
绝对而且确定。
在这里,什么都可以
买,或者卖
长租或短租
都行。

大山,和仙人球
庄园,和石头
以及女人,和泥巴。

我要一片儿一片儿地

卖掉天空
生活成本翻倍
外国人要双倍收费。

请注意!
此处出售
没有阴影的天空
这天蓝色
急需一顶帽子。

而且
如果一切按计划进行:

我就出租——
云。

警方记录，2013 年 5 月 5 日，圣米格尔·德·阿连德

给老人说恭维话——1 次。

没被打断的倾听——4 次。

欣赏野生动物且毫无杀戮的意图——2 次。

周日没有人敲门——7 次。

拥抱和亲吻婴儿——111 次。

借给有需要者车辆——3 次。

行人被蓝花楹树绊住——13 次。

热爱自己工作的员工——8 人。

被笑声治愈——67 次。

家庭和睦——33 人。

被夕阳挟持的公民——56 人。

美化和创造代替暴力——21 件。

没有强制的有序行为——44 次。

没有个人动机的金钱礼物——5 次。

友好电话——13 次。

性慷慨——3次。

发表诗歌——1次。

下辈子想做一棵龙舌兰

整天都仰脸对着太阳。
把种子爆裂到空中,
像一只彩饰陶罐。

储存水。
绽放一朵带穗的花。
伸展自己,
直到够得着天空。
你看我多奢华。

我想要属于这片土地,
这片在地球是圆的之前,
就已经存在的土地。

那些靠我太近的人,
我拧疼他们的屁股。
谁敢吸我的果汁,

就给他尝尝龙舌兰。

然后死于这场圣餐。
灰烬一般消失,
回到泥土中。

猛烈啊。
从帕里库廷火山一样的地方
引爆自己。
返回返回一直返回
直到重获新生。
死,向着永恒。

歌声和哭声

Cantos y llantos

不管是过去,还是现在

——首吉他曲

我喜欢和你一起
度过年轻的时光
一会儿也好,半会儿也罢
这里和那里
我们一起消磨

那时候
你是个诗人
我也是诗人
那些大师们
也害怕文字在你我面前
闪闪发光

清醒的时候
我记得审视自我
一旦醉了

就任凭本能燃烧

在酒精的鼓动之下
那时候的我们
做了多少傻事呀

我们上演马戏团里的刀戏
刀锋在空气中叮当作响
砰的一声
就落在颤抖的动脉近旁
一惊一乍，一分一秒
寒气袭来，你和我

我正要离开小镇
你却要留下
我们都使劲忍着
什么也不说

随着年龄的增长
才会发现
一些想象中的事情

却原来可触可摸

不管是过去,还是现在

为某国女人而作的诗章

仿迪伦·托马斯

我宁愿什么都不穿
也不愿意穿
专门为某一年龄女性设计的
丑陋内衣

愤怒呀
不要走进那个良夜
穿着明显是白色或米色的衣衫

女人被压扁的花朵
挤压进柔软的肉体
为失去青春的内在衣着
而徒劳悲伤

愤怒呀
不要走进那个良夜

穿着明显是白色或米色的衣衫

昔日的黑色蕾丝边建筑
人字拖,比基尼,嬉皮士,丁字裤
都一去不返,消失不见了

钢圈内衣和蕾丝隆胸杯
被麻布袋和王牌的绷带所取代
厚皮症,与假体
一种多么残酷的美学

愤怒呀
不要走进那个良夜
穿着明显是白色或米色的衣衫

优秀的女人
在智慧的愿景中绽放
在最美丽的年代闪光
拒绝"亲密服饰"这个不当的称呼
因为在 XL 或 36C 之外
是亲密的对立面

送去流放的服装
到独身主义的西伯利亚
与狗或猫睡觉
而不是爱人

哦,拉佩拉,你为什么抛弃我们?
难道就没有人同情我们
为热情洋溢的女人设计粉底
也设计贴身内衣吗?

一些富有想象力的作品
比如弗兰克·劳埃德·赖特的《落水》

在想象中
我创造了一个枪套
来装放我的一对武器
我的 38-38'S
一种美丽的发明
涂油的意大利皮革
点缀着烟草金色
锁缝,手工装饰着西方玫瑰和带翼的卷轴

珍珠母扣
乳头上加盖着银色光环

而你,我的母亲
你从你矮胖的高度凝视着我
你用你的DNA诅咒又祝福我
像许多墨西哥女人一样
一根柱子支撑着躯干
仿佛生育与死亡女神

愤怒呀
不要走进那个良夜
穿着明显是白色或米色的衣衫

手洗我的长头巾

在淋浴间里
靠着我裸露的肌肤
洗我的真丝长头巾
防止它流苏打结
紫红色的布料搭在肩上
露出一只亚马孙式乳房

即使对折
头巾的长度
也超过了我的身高
流苏长长
擦着地面

一瞬之间
水龙头打开
水
八月一般热烈,奔涌而出

我后悔自己这粗心的想法
要自己来洗这长头巾
三角梅的颜色会变深
变成蔓越莓,但谢天谢地
并不会掉色
漂洗之后
纤维会像玉米丝一样明亮光滑

湿漉漉的长头巾
软面团一样
贴着我的光皮肤
贴在我的肉馅卷饼肚、茄子胸
贴在我生育女神的屁股上
镜子里,我对着自己
孤芳自赏
一些古老的记忆证实了这一点
我想起了《我爱露西》里的傻瓜威廉·弗劳利
他这样评价联合主演维维安·万斯,说:
"她有一副好身材,就像一袋子门把手。"

56 岁

我佛一般的身体
向着地心引力弯曲
一个生命，活过了一生

而我
不是一袋子门把手

在这高地之上
我喜欢自己
就像在这首诗里
我装扮的自己一样
特奥蒂瓦坎一般的坚实
一个上了年纪的女人
根本不在乎
用一麻袋香烟，假扮成男人
究竟说了些什么

刚刚从死亡的深渊逃出来，
我已经准备好迎接新的一年

在新的一年里
我要给自己
买一盒巧克力奶油松饼
满满的都是奶油冻
慢慢地吃，带着无限的喜悦
不关心悲伤和紧身内衣的事了

苏珊的母亲，在医生的指导下
要少吃意大利腊肠
否则就会有生命危险
"但是，医生，"她说，
"没有了意大利腊肠，
生命还值得活下去吗？"

在新的一年里
我要坐在阳光底下

咖啡里,泡一小块硬面包
像我的胳膊肘一样硬
然后在它上面,抹上美味的黄油
不再考虑胆固醇的问题
这让我想起我的墨西哥城
五月五街上的布兰卡餐厅
以及韦拉克鲁斯教堂
叮叮当当的玻璃声

我要和我的小狗一起打盹儿
直到我流露出爱意
因为它们才是生命真正的导师
我要轻轻地醒来
不惊扰
那些昨夜落在睡眠之枝上的梦
在它们展开无声的翅膀飞走之前
我要仔细审视并赞美它们每一个

在我逃离的这个季节
我要把脚
从生命的油门上放下来

赶快坐在一棵树下
拿起一本书
一本比一打自制塔马利还厚的书
从今往后,我读书
只为了自己快乐和自我塑造

一切有毒的人
都要从我生命的剩余日子里除掉
吸血鬼和吸血怪
他们是痛苦的炼狱

我将允许自己
奢侈地,每天都开怀大笑
并以慷慨的剂量
使那些被称为新闻的痛苦之混合物
失去平衡

我不再等待
会有人对战争、隔离墙、枪支、毒品和领导人的愚
　　蠢采取行动
我将与那些擅于向国家元首扔鞋子的公民结成联盟

作为一个五十六岁的女人
我知道的很多
不知道的也很多
但我确信我知道这一点——

没有了意大利腊肠,
生活就没有意义了。

关于衰老的四首诗

耳朵眩晕症

失去右耳的听力,
并没有痛苦。

不管怎样,
我只听一半。

麻骨

如此之多地
依赖
一截楼梯
七年前的雨水
仍在
闪闪发光

一个普遍真理

乳头、屁股和脚
在膨胀
好像是
整个宇宙一样

飞蚊症

   给朱莉·蔡博士

余光当中
他们嘲笑,他们戏弄。

安静中的游戏,
有不可思议之魔力。

羞于直视
蔡博士,我的眼科医生

她坚持说:
"无碍无碍。我检查过了。"

到目前为止
有荣誉奖章
三枚。

右边一个,
左边两枚。

都是头晕目眩的
惊如落叶翻飞。
"无碍无碍",她说。
我说我会相信的,
当我亲眼看见它。

独身后的性爱

流了点血,
像第一次一样。
有点疼。

像第一次一样,
有一种飞行的极乐,
遥不可及。

也像那第一次一样,
疼,多于狂想。
就是这样。

一个女人的肉体,
再次为自身感到羞耻,
却不是少女的羞涩。

这一次,

一个女人，
因为自身的腐蚀和处境，
而深深抱歉。

身体献上了
万寿菊的祭坛。
可怜的女人的供品，
玉米和水，
还是一样的献祭。

摇篮曲

世界转动
和我睡梦中的转动
转动在
同一个方向

我转动,反过来
也推动着
偌大的星球转动

星球转动
轻轻
也转动着我
就在我的睡梦当中

为临终者守夜的说明

1. 做笔记。
2. 剪下一绺头发。
3. 说出你的感受,
   坚定而深信地说,
   即使她早已听不见。
4. 宽恕。
   尤其是你自己。
5. 告诉她可以走了。
6. 允许自己放手。
7. 让自己哭。
   现在不哭,
   又等到什么时候呢?
8. 握住她的手。
9. 注意她脸部如何变形。
   尤其是鼻子和耳朵。
10. 想象你是月亮。
    给自己洗澡。

给临终的人洗澡。

　　轻轻地。细细地。

11. 保持呼吸。

12. 专注于这一刻。

13. 悲伤。

14. 其实没有规则。

　　甚至这些也不是。

爱的雪茄爆炸了

儿歌调子

你扔掉你的心。
我扔掉我的心。
我们把心都扔到一起。
上下摇晃它们。
我们点燃爱的雪茄。
我们有点嗨。
这就是一切的意义。

我为你写一首诗。
你也为我写一首情诗吗?
我们发一百零三封邮件,
把它们摇来摇去。
我们点燃爱的雪茄。
我们有点嗨。
这就是一切的意义。

你进进,
我退退。
我一进,
你就跳回去。
我越拉,你越拽。
你越推,我越躲。
我们这是算什么?
是老鼠和猫吗?

你扔掉了自尊。
我掉进了情爱。
不安全,又上瘾,
我们把它们混一起。
我们点燃爱的雪茄。
我们有点嗨。
这就是一切的意义。

你发短信说:
宝贝,你对我太太重要了。
我发短信说:
嗯,也许你还不够多。

你发短信说:我要自由。
我就一直在发抖,浑身上下。
我们已绊倒于爱的雪茄。
现在是,清醒袭来,
砰!
这就是它的意义所在。

上帝一次又一次心碎,直到它豁然敞开

仿苏菲派伊纳亚特·汗的一句引言

但是怎么办?
如果我的心一周之内被第三次抢劫,
抢劫之后它变成了一家 7-11 便利店?
怎么办?
如果我的心是一只彩饰陶罐,
被捣毁成一块块碎片怎么办?
怎么办?
如果我的心是一只剥了皮的芒果,上面落了一只翠
　　绿色的苍蝇怎么办?
怎么办?
如果我的心是一台空调,
哭出一串生锈的泪水念珠怎么办?
怎么办?
如果我的心是萨尔加多的阴沟口,
吞噬了另一个孩子怎么办?

怎么办?

如果我的心是宽银幕电影里的死亡谷怎么办?

怎么办?

如果我的心是一头吸血怪,

不停念叨着"修筑隔离墙"怎么办?

怎么办?

如果我的心是毛骨悚然的大叔豁然拉开的拉链怎么办?

怎么办?

如果我的心长出五旬节里喋喋不休的长舌头怎么办?

怎么办?

如果我的心是在波提特跳蚤市场买回的斗鸡眼耶稣怎么办?

怎么办?

如果我的心是得克萨斯州的埃尔帕索,

与华雷斯城的僵尸同床共枕怎么办?

怎么办?

如果我的心被它长满虱子的翅膀重压得精神错乱了怎么办?

怎么办?

噢,我的灵魂,

当你已百倍地祝福我,
让我再来一次可怎么办?

甘地夫人

当甘地宣誓禁欲时，
他首先征求夫人的意见了吗？
或者只是简单地渐进地默默地走上自己的路？
这样她就不会反对了，
无论是和平的，还是激烈的。

不寻求与她对话也许是明智的。
他的工作已经够让人担心的了。
甘地夫人自然就会
把他对房事的渐次冷淡归因于此。

抱怨吗？
他无私地奔忙于自己的工作。
她怎么会生气呢？
她怎么能责怪呢？
河中的卵石一般私密而完美的痛苦。
她把悲伤和疑虑，

一并交付在檀香的胸脯上面。

也许这个中止是突然的,
只在一夜之间。
是对她年龄的猝然伤害。
一种挥之不去的小怒火,
使她的自责也徒劳。
或者她只是鞠躬走人,
也可以说,与恒河相随相伴?

甘地的孩子们
是不是又抱怨爸爸不在家了?
在他的运动中战斗中竞选中,
儿子们是否怨恨父亲?
父亲又是否怨恨儿子们?
妻子是否希望自己再次成为远方的妻子?
她太过清楚地知道,
有时候,有人陪伴
比独处更寂寞。

当甘地宣誓禁欲时,

诱惑太多了。
所以他宣布,这种剧情耗时太过。
他希望
抓挠之前,就把痒先给去掉。
他深信
肉体最终将被抛弃。
这是印度教徒所受的教导。
为什么不现在就离开,
就像蝉丢弃躯壳一样?

甘地夫人明白了吗?
她也把自己的爱情生活扔进火堆了吗?
还是她怀疑自己有了情敌?
又或者只是跟着丈夫的纺线转了一圈?

人会忘记激情吗?
她有没有看着镜子里的自己,
放下自己的欲求?
当抱怨微不足道而忍耐是虔诚的时候,
甘地夫人又能做些什么呢?
从事诗歌写作吗?

当甘地夫人的丈夫回到家,
对她说:
"我想最好还是让我拥有自己的卧室。
这件事,请你不要往心里去。"
我不知道她是怎么想的。

因与果。果与因。
甘地夫人有没有另外的想法,
因为她毕竟是甘地夫人,
还是她没有提到对她的冷落?

当然了,
当她独自一人,
躺在黑暗阴凉的房间里,
她一定会想些什么。
肯定也有一些怨丝细长,
觉得自己的年华未及触摸
便悄然溜走了。
甘地夫人可能想过:
我还年轻,不会变老。

她甚至可能对自己或丈夫大声说过这句话。

但禁欲主义的大理石棺,
那光洁的雪花石膏,
把她的命运封住了。
这不是传记作家所探究的。
甘地夫人也并不认为,
把她的个人想法抛在脑后是合适的。

夜深人静,
蝉儿满怀渴望地歌唱,
甘地夫人是否听见了呢?

写在午夜的诗

婚姻当中,
我和丈夫在一起,
却感到如此孤单。
这样的丈夫不是我的丈夫。

我让他走了。

城市里,
我感到如此孤单,
这样的城市不是我的城市。

我希望有一天能够逃离。

人生当中,
我感到如此孤单,
这样的人生不是我的人生。

放开我,我的生活。

我不是你的。

住手吧,别再叫我不快乐。

我濒临死亡的那一年

母亲去世之后的
六个月,
一条带状物,
死胎一样,
从我的子宫脱落。

五十三岁。
子宫苏醒。
呼出一口气。
最后一次,
开口说话。
看在母亲
和我自己的分上。
我,
一生没生过一个人,
却生出了悲伤。

路线图上,
一条又细又红的线,
指引着我,
从仆人到主人一路逃亡。
从此以后
从女儿,长大成人。

三十三岁时,
我的身体
曾发出过一次声音。
那一年我濒临死亡,
那一年,我受难。

我用沉默和睡眠,
缓解绝望。
我用别人的尺度,
衡量自我。
一个还在借钱还账的孩子,
除了文字,
什么都不擅长。
而文字又有什么用?

当日子开始的时候。

九个月
子宫没有呼吸。
九个月
子宫在破裂前摇摆不定。
我是被天意、天使和祖先所拯救。
圣痕来证明它的真实。

我死过两次,
又活过来两次。
三十三岁,
我的基督之年。
几十年后,
我的母亲
变成了光明本身。

两次死亡。
又两次顶住了死亡。
我惊叹于身体说出、修复与复活的力量。
宽恕一切吧。

写给失去儿子的小狗帕特的信

我觉得
我们爱多少都不为过。
你说呢?
我觉得
爱的给予和接受是无限的。
而且我知道,事实上,
在这单薄的生命之后,
我们还会继续接受爱。
我知道,却不相信,
这就是法则。
察觉,如水被风吹皱。
或者,
如无法忽视之闪电。

你是一个知所不知的女人。
我希望您的儿子能继续说话,
你也能继续倾听。

我父亲对我说话，
就像刺鳐的翅膀。
我母亲在空中闪烁，
如一只银色的飞蛾。
我知道他们什么时候在这里，
就像在生活中一样，
一切与以往截然不同。
一个是水，
另一个是空气。

但我这辈子都不会了解，
像母亲爱儿子一样去爱，
这种爱究竟是什么。

我想说，就像他们在这里说的，
我在你的悲伤里陪着你。
陪着你，以及所有那些
每天背负着伤口的人。
我，
一生也没生下一个孩子的人。

我可以把月亮送你聊作安慰吗?
愿它能带回你的儿子。
将他的名字,添加到
你发出和给予的光的对话中。
接收,并且发送。
请接受我今晚给你的爱吧,
我的朋友。

亡灵节

亡灵节那天,
我请你和我一起回家,
来看看我的祭坛。
这句话,
比来看看我的蚀刻版画好多了。

你真的来了,
就像那晚的亡灵。
你跟随着花瓣的脚步,
来到我的门前,
那扇门已被遗弃孤独了整整一年。
你走过来,说你很难过,
我说我也很难过,这是真的,
我真的很难过。

你面前的那人还活着,
还萦绕在我心头。

我想要,我渴望
从伤害中获得解脱。
你自己的鬼魂跟着你来了。
救救我吧,我们想,
但不要说出来。

我问,你渴吗?
就在你回答之前,
先给你倒上一杯美可。
喝完剩下的那瓶酒,
碰响我们的小酒杯。
我要送你,送你回家。
我为父亲准备的小山羊,
巧克力饼干,和泥盘上的油煎饼。
除了五彩纸屑和果子冻,什么都要。
我说,然后我笑。

盐与水,供在这圣坛之上。
盐,也许是为我们的眼泪,
水,是为永远口渴的死人。
温暖的蜡烛和苦涩的万寿菊的香气,

伊迪丝·琵雅芙唱起了玫瑰色生活。
还有查维拉·瓦尔加斯和罗拉·贝尔特兰，
以及妮娜·西蒙的《我在你身上使了魔咒》。
不知道那只小山羊，
是否已使它的魔咒生效了。

那一夜很长。
我们聊到很晚，虽然你还得早早起床。
我们一直聊到死者归来，
归来尝尝我们的聊天。
聊天，是一种食粮，一味滋补。
如他们所说，聊天就是吃饭。
你和我，都是满怀情感的人。

一棵好树

一首吉他歌

大树底下好乘凉。
大树底下好乘凉。
那充满活力与生命的
不要害怕我。

如果你足够聪明,
就知道我是一棵好树。
如果你足够聪明,
就知道我是一棵好树。

我是我自己部族的顶尖和旗帜。
我是敲击声中的鱼群。
我有一点点安慰,
夹杂着一点点惊愕。
我是理性的华尔兹,
在这最后的雨季。

如果你足够聪明,
就知道我是一棵好树。
如果你足够聪明,
就知道我是一棵好树。

甜蜜的金合欢,教导我吧。
滋养我吧,胡桃树。
三角叶杨,振奋人心。
牧豆树,请保持耐心。

我已经熬过了干旱。
从我自己的火苗中抽芽。
从欲望的冰雹中幸存下来。
欲望。如果你知道。

如果你足够聪明,
就知道我是一棵好树。
如果你足够聪明,
就知道我是一棵好树。

花朵和果实是我。

蝴蝶呼吸着的生命是我。

复活和救赎是我。

天上的馅饼是我。

孩子和智者是我。

寂静和风暴是我。

高烧和沮丧是我。

夜潮是我。

没有苍蝇的汤是我。

整个的甜橙是我。

我死过，

又从自己犹豫的灰烬中重生。

我是创造。

但你看不见。

如果你足够聪明，

就知道我是一棵好树。

如果你足够聪明，

就知道我是一棵好树。

我可没时间在这个高度,
生什么态度病。
我没时间讨论过滤器,
和什么核反应堆。

我不需要昙花一现的狂喜,
当我被光击中。
我是我自己的拉斯维加斯之夜,
与真正的明星表演。
我参与其中,寻找神秘。
坚持下去,
我会告诉你一两件事。

我是一棵好树。
我是一棵好树。
我是一棵好树。

未经审查的希斯内罗丝
Cisneros sin censura

珠穆朗玛峰

因为它在那儿。

回到 1982 年,
为什么不呢?
就是这个问题,
并不为了什么。

更重要的是,
他是个诗人。
在我了解更多之前,
他就充满诱惑。

他的名字吗?
伊桑。西莫。
埃尔顿。或者伊恩。
诗之于我,
一个有待征服的帝国。

一门有待掌握的外语。
我不贞洁的一个刻痕,
那时的我,刻痕很少。

请允许我提醒你,
那时的我,才 28 岁。
我的真实年龄是橡树,
而且还是棵幼苗。
也许最多还只是颗橡子,
甚至可能刚刚是芽孢。

我几乎什么都记不得了,
只记得他在我飞走的时候,
给我写了首诗,
一些再见的话。
没心没肺的,
我什么都记不得了。

他住在奥德小镇,
潮人的城市,
我买不起的酷。

我饱受邻里嫉妒,
和公寓里的饥渴。
现在想来,
这可能才是他真正的魔咒。

但我不能忘记的是,
他的床。
床垫皱成一团,
好像裹着玻璃纸,
又仿佛塞满了爆米花。

我睡不着觉。
我总是这样。
我天亮前离开。
我搭出租回家。

我亲亲的蒲团,
安放在地板之上,
从来没有
这么受欢迎。

现在他很有可能
已经和皮帕结婚了。
或者柯西玛。或者菲奥娜
再或者,波比。

不太记得了。
有些男人,
穿上衣服才更性感。
我不再
记得性爱。
真有趣呀,
我只记得床垫。

白色变奏曲

1

你在我里面的时候,
我就是帕拉佐吉他。
是巴尔沙木。
是风之竖琴。
是没有名字的神圣之物。
我的身体里发出白色的嗡嗡声,
只有树叶能听到。

2

应该有一个词,
来形容这种贪婪。
当你的膝盖,
推开了我的膝盖。

3

因为
我不能把你含在嘴里,
也不能含在性里。
我请求你来到我的肌肤之上,
你把手指蘸进这神圣的水里,
我让你替我品尝。
你做。为我。
你看着我看着你。

4

你是我床上的一颗小珍珠,珀丽塔。
你是一颗小珍珠,珀丽塔。
美丽,又可爱。
珀丽塔,我写下这些的时候你睡着了。
珀丽塔,你读到这些的时候我睡着了。

5

从情人的唇角,
到所爱者的性,
滴下的一串口水,
是为了谁的欢喜。

在我的色情小博物馆里

在我的色情
小博物馆里
我会放进
你的脚。

把你的脚
夹在
我的脚中间。

它们的软。
它们的热。

我会把你的手臂
放在我脖子下面
就像你早晨那样
让你搂住我的腰
把我拽向你

把我的背
贴在你胸前。

这样一种
美好的存在
我要将它立在
科林斯式的圆柱之上。

那些
热爱清晨和脚的唯美主义者
就会说:
啊!是呀!

我的母亲和性

有八个活下来了。
死了几个?
谁知道呢?
反正不是我们。
我们是她的七个幸存者。

当卧室的场景
在电视上闪现
她就尖叫着
跑回自己的房间
就好像
看见了一只老鼠。

我们都笑了。
我们是什么呢?
是圣灵感孕的吗?
可能是吧。

性对她来说早已经死了。
为她饥饿的队伍做饭,
是一项可怕的任务。
想到这个,真让人难过。

纯粹的假设,
缺乏结论性的对话。
她从不谈性。

尤其是和我。
她说,
我会把一切都写进书里。
我同意这个说法。

但更糟糕的是什么呢?
是真相,
还是我的想象?

我确定知道的是,
为她而狂喜。

图书馆唱片里的交响乐。
陶醉。公园里的歌剧。

私密的快乐。
我的书籍。

弗莱雷,特克尔,乔姆斯基。
艰巨的。辉煌的。
真正的男人们。

不像那个和她同床共枕的男人,
喜欢《巨人星期六》,
胜过喜欢塞巴斯蒂昂·萨尔加多。

可是父亲把她娇惯坏了。
他的墨西哥皇后。
剧烈的帕里库廷火山,
不知道自己想要什么。

她周末发出的红色信号弹:
救命呀!

这里没有智慧生物。

电视里蓝色月光的夜,
父亲被墨西哥胖腿荡妇迷住了。
这是妈妈的话,不是我的话,
她们摇摆着她们淫荡的小东西。

父亲从不喝酒,
从不逃跑,
从不逛窑子。
每个忠实的星期五,
都带回家一份薪水。
她为什么还要抱怨呢?

我认识她的时候,
她一个人
住在满是活人的房子里。
苦涩。卑贱。
出生之前就已经死了。
一个泡在福尔马林里的女人。

踩到狗屎运

索尔说,
幸运女神已经在路上了。
钱
肯定会在今天,
或者明天到达。

比索。
或者更好是,
美金。

在画布上
出售她的劳动,
这要归功于
新出生的小狗,
是它们把花园弄得乱七八糟的。

她的房子

和我的一样,
是一个女人一生
创造的总和。

昨天,
风琴仙人掌上
开了一朵白色褶皱的花。
今天,
它蜷缩起身子,
迎着雨。

我是这座创造之屋里的
见证人。
我写。
我看着自己写。
当我关上或打开笔记本时,
我是把自己卷起又展开。

索尔,一个接一个的成功。
漂亮的孩子,甜蜜的孙子,
准备好特写镜头的房子,

以及辉煌的事业,
都在抱怨。

索尔背负着她唯一的遗憾,
如一根棍子上的乌云,
她是孤独的。

在小旅馆里,
我把乳房从胸罩里解放出来,
尽情享受棉被与皮肤的触摸。
闲时倚在床上看书,
但要在手边放一件毛衣,
以防备勤杂工突然闯进来。

期待有一天,
我长大了,
就不在乎这个了。

66岁了,
却还没到那一步。
66岁时,

我看着岁月

聚集在我眼睛的竖井里,

聚集在脖子上的剧院帏帐里。

我一阵惊讶,

我上臂的下腹部

海豚一样的白。

我睡觉的时候,

恶作剧时间到了。

这需要一些时间来适应。

我看着自己的转变

而感到困惑不解。

就像我曾经看着自己

变成了女人的身体一样。

现在和那时一样,

我看着并且惊讶。

又有某种程度的释然,

着迷于我在的地方,

和我正前往旅行的所在。

可怜的索尔,

孤立无援。

说实话,
我不想看到同龄人的裸体。
也不想让他看到我。
这与羞耻和保守无关。
更像是
害怕
害怕我们会笑。

我读书的时候,
刚出生的小狗
在花园里汪汪乱叫。

无论走到哪里,
我都感到如释重负。
美金,或者痛苦。
接受我人生路上
发生的一切。

完整的橘子

I

我想要
一个男人
进入我吗?

把我
裂成两半。

之前。之后。
我都不。

说实话,
从来没有。

我是卡瓦菲,
在爱中

伴着记忆,
带着故事而活。

我想念在阿卡普尔科
跳水前的奔跑吗?
奔跑着冲进泡沫四溅的火焰?

是坠落大海的我吗?
是玄奥的秘密吗?

我都不。
我两腿间的伤口,
紧绷得
像是吉他上的猫肠。

一座埃及古墓,
被绞车拉走,
被洗劫一空。

作为我自己的
毁灭者,

我感到宽慰。

我以一首诗
进入我的身体,
灵巧地驶入
我自己的海岬。
滑行着,嘟哝着。
美妙而紧密的贴合。

II

在我的台北梦中
我手里握着
一根肉棍。
一个权杖。
粗如警棍的魔杖。

巨大而温暖的
脉冲。
有力地跳动。
确定还活着。

不依附于任何人的
某个东西。
全是我自己的。
可以轻拍我手心的
一件武器。
然后问,现在,
用这个,
我还想要什么?

你最好别把我写进诗里

一个有长长的弯刀,
像是土耳其的月亮。

一个有肥肥的塔马利插头。

一个有婴儿橡皮奶嘴。

一个有他引以为傲的球茎灯泡。
让我浑身起鸡皮疙瘩。
我永远也忘不了。
在一排嫌疑犯中,
我永远也挑不出它。
一百万年也不会。
就算用 AK-47 顶着我的头也不会。

一个喜欢在我最意想不到的时候,
把它像弹簧刀一样弹出来。

在他母亲家，
站在浴室里，门开着。
他妈在厨房里打电话，
我在沙发上努力看书。
他觉得这样很性感。

一个喜欢在做爱的时候，
浏览花花公子杂志。
我觉得这样很丢人。

一个喜欢把两手放在屁股上，
就像他是个大人物一样。
这让我很生气。

一个喜欢用手指蘸着精液舔。
他把我逼疯了。

一个睡在我床上，
却从未碰过我。
这是我的选择。

一个在他所有信件的信封上
都画了一个螺旋。
翻译过来就是:
你的后门只是我的。

一个已经和别的女人住在一起。

一个独自生活,
却不让我看他住在哪里。
就像一个连环杀手有所隐瞒。

一个喜欢像警察用警棍一样,
用他的老二打我。
他有问题。

一个喜欢把我打扮成男孩,
从后面偷袭我。
他有问题。

一个是酒鬼,
会无休止地重复。

这场战争。

离开的女人。

他不愿离开的妻子。

一天晚上,他从酒吧打来电话,

在我的答录机上留下 17 条留言。我提过他是个酒鬼吗?

一个从没碰过毒品。

毒品让他呕吐。

他总是在家。

一个开着一辆神经兮兮的车,

行驶了太多里程,

而且没有足够的保险。

但每个周末,

他都要在拥挤的车流中,

驱车 200 英里来看我。

一个从不来看我,

即使我提出要付机票钱。

一个已经结婚了,
和一连串的某某人。
四分之一个世纪,
我们断断续续地见面又分开,
在里面,在中间,在上面,在下面。

等他最后一次离婚,
我终于意识到:
他是全能的父所称许的。
我却永远得不到他的称许。
我不再需要他的称许了。
他是我虚构出来的。

他来的时候,他——
海豚一样打嗝。
马一样喷鼻。
女孩一样大声喊叫使我尴尬。
又鹿一样奇怪地沉默,
小狗一样喘着气,亲了我屁股一下。

每一回,每一次。

从来没有。后来的他，
笑了一下。
不停地喘气。
发出毛茸茸的咳嗽声。
冲刺一般跑去洗澡，
好像是我得了瘟疫。
然后点了一支烟。

从未吸过烟。

有过肺萎陷。

只有一个肺，
他是个打击乐手。
我们告别后，
我送给他当铺的小手鼓和得州的棉花糖。
一路寄到雅典的某个地址。
一年之后，小手鼓和棉花糖，
原封不动地寄回来。
跨越了多少大洋？

一个印有希腊字母的包裹：
"查无此地"。
但我读成了："独自脱衣。"

我送了一束 100 美元的鹦鹉郁金香，
送到一家餐厅，
送给一个在那儿调酒的人。
尽管他床上功夫很烂，
我很感激。
我正穷困。
我很年轻。
（如上所说。）

我过去是，现在是，永远都会是一个浪漫的人。

这就等于说：
我是独自坠入爱河的。

我给某人寄了一首诗，
就再也没有见过他。

为了制造戏剧效果,
我给其中一位寄了一封长达 27 页的信,
信是用积木环绕着的。

我从的里雅斯特、萨拉热窝、斯巴达、锡耶纳、佩
    皮尼昂
每一地都寄了一张明信片,
描述我的其他情人。
他只是笑了笑。

一个是来自奥斯汀的特哈诺健身狂。
精彩极了。
彩票大奖。
我没开玩笑。
直到他开口说话。
像一把吉他。
像一个得州人。
像一个乡巴佬得州人。
有一次当我做早餐的时候,
他说:
太好了!我就是喜欢油嘴滑舌!

有一位知道

女人最想要的就是甜言蜜语。

告诉她你爱她。

告诉她你会像现在这样一直爱她。

告诉她没有一个女人像她。

我无法忘记这样一个人。

我不记得他的名字了。

他不是我的前男友。

也不是我的 Y，甚至不是我的 Z。

他是我的永恒。

一天晚上，躺在沙床上，

在流星的天幕底下，

一个想要和他做爱的人，

和我做爱了。

他和他。

我和他们。

后来我得出一个结论——
三人组是无用的。因为：
我需要爱。
至少也要爱的假象。
我需要永恒。
如果你专注于"我看起来怎么样"，
又如何能引发永恒呢？

一个人不在乎他长什么样，
这正是他性感的原因。
他神一样无可挑剔。
但他越长得精致，
我就越变得像只啮齿动物。
他符合我的身高和体重，
在床上把他翻个身很容易，
这让我觉得自己很强大。
我喜欢自己有这种力量。

其中一个像红杉一样高大，
他压在我身上时，
我只想大喊：

倒啦倒啦,树倒啦!

一个是紫色的,
像海洋生物的墨汁,美丽却致命。
他衣服下面的皮肤
从里面放出光芒,
像一盏雪花石膏灯。
他的东西是一个生而无气的蓝色婴儿。
他的东西是粉红色的,
像一个愤怒但屏住呼吸的孩子。

我不记得他的东西了。
我什么都不记得了。

跟我做爱之后,一个人坦白说,
他还爱着一个芭蕾舞女。
她搬去了堪萨斯。
然后他给我买了煎饼。

一个承认他还爱着一个女演员,
他在她还不出名的时候甩了她,

但现在的她在戛纳和巴黎都很有名。
这简直要了他的命。

一个给我买了：
一台 5 英镑的打字机，
一件白色 IZOD 牌 Polo 衫。
我从未穿过一次，
因为太达拉斯了。
买了一包各色小甜饼，
他把我放在床上，
好像我是他唯一的孩子。
但是

我爱上了一个性爱狂，
他做爱就像一根水管，
淹没了一场骚乱。

一个在我羞于裸体的时候给我拍了裸照。

等我太老了，不能裸体的时候，
我拍了我自己的裸照。

很明显,一个有恋母情结。
那一年我 40。他 21。

我对其中一个失去了兴趣,
因为他看起来像个老人。
他 40 岁了。我 28。

一个要在我身上尿尿,
我知道我必须马上离开。

我上床时什么也没穿,
只系了一条铃铛带,
叮当叮当,像一群绵羊。

我上床时什么也没穿,
只穿了一件貂皮大衣。

我上床时只穿了奶奶长袍。

一有人叫我我就上床,

因为他得早早去上班。
如果我不上床,
他说我什么都得不到。
他的爱是最甜蜜的回忆。

我们曾在热那亚的火车上,
在充满尿味的厕所里做爱。
我讨厌我崇拜我害怕他,因为——
我很穷。
更糟糕的是,
我以穷为耻。
我知道他终将离我而去。
我想让他毁了我。
我认为痛苦是必要的。
我想成为他。
(以上都是。)

一个是医学预科生,
做爱之后,
他叫我咳嗽。
轻拍我的背。

像敲鼓一样敲我。
他阅读我的身体,
好像我是一台调试好的机器。

我曾经暗暗恋过一个,
直到他出现在我家门口。
一天晚上,
他的胡子跟我哥的胡子一模一样。

我还在特内哈帕①碰到过一个,
当时他正从玛雅丛林中站起来,
像一条长羽毛的大蛇。

在会议室的桌子对面见过一个,
他用目光舔我的乳头。

在酒吧遇到过一个,
我和一个同性恋朋友都想要他,

---

① Tenejapa,墨西哥城镇,位于恰帕斯州,主要人口为土著人,说泽套语(Tzeltal),保留着玛雅传统。

但我是唯一有勇气问他的人，
我问，你是同性恋还是异性恋？
沉默。为什么？
因为我时间不多了。

有一个在我离开的时候，
颤抖得像是一棵小树。
我没有一滴眼泪。

有一个离开我的时候，
我颤抖得像是一棵小树。
他没有一滴眼泪。

后来
我学会了这个情感方程式：
一个人先哭，
另一个就没有哭的必要了。

一个是假萨满，
我们第一次做爱，
他用柯巴脂涂抹了我，

让我用舌头舔拭他的伤疤。

一个出名了,
他的书都被拍成了电影。

一个是失败者,
在一所大学教书,
那里的人根本不在乎他是个骗子。

一个和 Hello Kitty 结婚了,
尽管我怀疑他是同性恋。

一个在侍奉天主。
他为了一个被他搞大肚子的天主教徒甩了我。

一个想把我肚子搞大,
这样他就可以说是他把我肚子搞大了。

一个是无政府主义者,
我却忘不了性这件事。

我不记得性了。
我只记得他,
这已经足够性感了。

一个是双性恋,
现在是同性恋。

一个倒是异性恋,
现在是独身主义者。

一个牙齿长得像老鼠,
现在他有钱去正牙了。

一个爱上了一个男人,
他们有一次在我面前接吻时,
慢慢地,故意地,
一根香烟烧着了肉体。
没有嫉妒,也没有悲伤,
却着迷得像是雪球里一粒翻滚的光亮。

我是个灰姑娘,

寻找最合适的尺码。
当我试穿上他的尺寸,
我就知道是他。

这和生孩子完全相反。
当他咕噜着溜进来时,
我的生命中诞生了一个,
就在那时,我知道。

一个软得像蛋奶筒。
我总觉得是我的错。
一次我梦见抱着他的家伙穿过机场,
毫无征兆地,它喷出一股液体,
我赶紧把它送进女厕所。
犹豫一下,决定是男厕。
然后停下来。
我不确定该去哪里,
但我知道一件事。
我一遍又一遍地对着目瞪口呆的旁观者说:
但这不是我的,不是我的。

——你最好不要——
他边说边踢掉牛仔靴,
拉开紧身牛仔裤的拉链,
——最好别把我写进诗里。

刚刚开始的傲慢,
那时我没有这样的意图。
我就知道——

这将是我第一要做的事,
如果不是最后一件。

女人寻求自己的伴侣

职业:
文字编织师。

狂热信奉:
人性中的人性。

癖好:
白日梦。

爱好:
夜梦。

灵敏度:
一切事物。

消遣:
书籍。

尤其是传记和诗歌。
如何减轻灾难的课程。

药物：
纸和笔。

目的：
保护。

休闲：
宅家。
独处。
不强调什么。
蓬乱。
不穿衣服。

沉迷于：
电影。
海耶斯之前的和意大利悲剧。
哭得好，抵消了笑得好。

最喜欢的女演员:
安娜·马尼亚尼。

首选伴侣:
毛驴。
大象。
云。

最喜欢的配乐:
树在风中说话。
下雨。
晚上打雷。

守护神:
豹猫。
像一次离地攻击。

死对头:
啮齿动物。
汽车。
飞机。

享受的气味：
山谷中母亲的百合。
格兰特公园的紫丁香。
祖父的雪茄。
早上的墨西哥。

家人：
朋友们。

陌生人：
亲戚。

阿基里斯之踵：
营救。

易损：
六兄弟。

诅咒：
婴儿。

数学。

最佳品质：
慷慨。

致命缺点：
慷慨。

歇歇吧：
剑术机敏。
莫洛托夫俏皮话。

奢侈品：
隐居。

小缺点：
热爱生活。

善行：
以生命见证。

身高:
最近测量157.48厘米。
随年龄降低。
与此同时,
自我价值在增长。

放弃:
油漆之虚荣。

永远充满激情的事:
时尚。

个人目标:
神秘。
今生或下辈子。

自我反省:
与"半成品"和平相处。

自娱自乐:
大声笑自己说的笑话。

鼓励：
小毛病。

不喜欢：
闲聊。
荟荟。
卫星的忠诚。

喜爱：
无毛犬。
龙舌兰。
牡丹。

不同的鼓手：
出生以来。
未走的路。
这一切。

烹饪技能：
无。

颓废：
杂乱无章的床。
周末。
一些工作日。

报酬：
宫女一样虚度光阴。

艺术技巧：
六十五岁时，
确信才刚刚开始。

免费糖果
Pilón

疑惑的时候

疑惑的时候,
穿人造豹纹衣服。

疑惑的时候,
宁可慷慨过头。

疑惑的时候,
像拜佛一样,
问候每一个人。

疑惑的时候,
向一无所有的人,
祈求祝福。

疑惑的时候,
多读传记,
避免人生中犯重大错误。

疑惑的时候,
就去犯一犯
人生中的大部分错误。

疑惑的时候,
留意小商贩叫喊"天啊",
即使你发现他只是在喊"加油"。

疑惑的时候,
带上手帕和扇子。

疑惑的时候,
感谢每一个人。
要感谢两次。

疑惑的时候,
留心云。

疑惑的时候,
就在云上好好睡一觉。

疑惑的时候,
将有情众生无情众生,
都当作亲人。

疑惑的时候,
原谅我们的短视,
正如我们原谅那些对我们短视的人。

疑惑的时候,
把你的悲伤倾诉给一棵树。

疑惑的时候,
请记住这一点,
我们都是在参加热身赛。

没有起点。
没有终点。
每一个人,都会赢。

图书在版编目(CIP)数据

我就是创造与毁灭女神 / (美)桑德拉·希斯内罗丝著；海桑译. — 北京：北京联合出版公司，2024.10.
ISBN 978-7-5596-7941-3

Ⅰ. I712.45

中国国家版本馆 CIP 数据核字第 2024PD5829 号

WOMAN WITHOUT SHAME: POEMS by SANDRA CISNEROS
Copyright © 2021 by SANDRA CISNEROS
This edition arranged with Stuart Bernstein Representation for Artists through BIG APPLE AGENCY, LABUAN, MALAYSIA.
Simplified Chinese edition copyright:
2024 Neo-Cogito Culture Exchange Beijing Ltd
All rights reserved.

北京市版权局著作权合同登记　图字：01-2023-6123

我就是创造与毁灭女神

作　　者：[美]桑德拉·希斯内罗丝
译　　者：海　桑
出 品 人：赵红仕
出版统筹：杨全强　杨芳州
责任编辑：龚　将
特约编辑：廖　雪
封面设计：汐　和

北京联合出版公司出版
(北京市西城区德外大街83号楼9层 100088)
北京联合天畅文化传播公司发行
北京启航东方印刷有限公司印刷　新华书店经销
字数 113 千字　889 毫米 ×1194 毫米　1/32　6.75 印张
2024 年 10 月第 1 版　2024 年 10 月第 1 次印刷
ISBN 978-7-5596-7941-3
定价：48.00 元

版权所有，侵权必究
未经书面许可，不得以任何方式转载、复制、翻印本书部分或全部内容。
本书若有质量问题，请与本公司图书销售中心联系调换。电话：010-64258472-800